AF305894

L'HOTELLERIE

DE SARZANNO,

OPÉRA EN UN ACTE.

Représenté à Paris, au théâtre Montansier; & le 1er Floréal an 10, au théâtre des Jeunes Elèves.

Imité du Poëme Italien de GOLDONI

Par le C. DESRIAUX,

Auteur de Démophon, de Sémiramis et autres Opéras.

Mis en musique et dédié à Mademoiselle LAWAL-LECUYER

PAR ARQUIER.

NOTA. La partition se trouve chez PERLET, près l'Odéon, n°. 9, et chez TOUCHARD. Prix : 20 liv.

A PARIS,

Chez HUGELET, Imprimeur, rue des Fossés-St.-Jacques, N° 4, près l'Estrapade Division de l'Observatoire.

An X. — 1802.

A MADEMOISELLE
LAWAL - LÉCUYER.

MADEMOISELLE,

En mettant en musique ce petit Ouvrage, mon seul but était qu'il réussît. Heureux de mon succès, j'ai desiré qu'il vous fût dédié ; si l'offre vous en est agréable, tous mes desirs sont satisfaits————

J'ai l'honneur d'être,

Votre serviteur & l'admirateur
de votre voix & de votre talent,

ARQUIER,
Auteur de la musique.

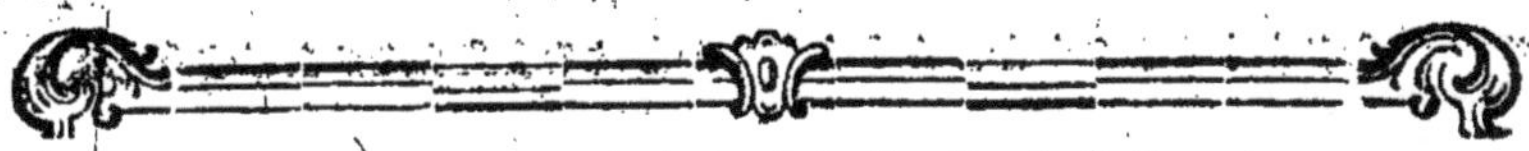

<table>
<tr><td>PERSONNAGES.</td><td></td><td>ACTEURS</td></tr>
<tr><td></td><td>Au théâtre
Montansier.</td><td>Au théâtre
des Jeunes Elèves.</td></tr>
<tr><td>ANGELIQUE, hôtesse.</td><td>Mlle. MEZIERES</td><td>ADELLE.</td></tr>
<tr><td>LE CAPITAINE.</td><td>MICALEF.</td><td>AUZANE.</td></tr>
<tr><td>LE MARQUIS, (fat, dans le
genre du Fils Tulipano.)</td><td>LEBRUN.</td><td>GREVIN,</td></tr>
<tr><td>MONDOR, financier.</td><td>AMIEL.</td><td>CLEMENT.</td></tr>
<tr><td>HECTOR, valet du Capitaine.</td><td></td><td></td></tr>
</table>

La scène se passe à Sarzanno, ville d'Italie.

Je déclare avoir cédé au citoyen Hugelet la pièce intitulée : l'Hôtellerie de Sarzanno, opéra en un acte et en prose, de ma composition ; laquelle Pièce il peut imprimer, vendre et faire vendre en tel nombre d'exemplaires qu'il lui plaira ; me réservant les droits d'Auteur par chaque représentation qu'on en pourra donner sur tous les théâtres de la République.

Paris, ce 2 Floréal, an dix.   Signé DESRIAUX.

Je déclare que je poursuivrai tous contrefacteurs et débiteurs d'éditions contrefaites, qui ne porteroient pas le fleuron qui est au frontispice de la pièce, et qui indique les lettres initiales de mon nom.

S.-A. HUGELET.

L'HOTELLERIE

DE SARZANNO.

Le Théâtre représente un Sallon dans une Hôtellerie.

SCENE PREMIERE.

MONDOR, Le MARQUIS.

Duo.

MONDOR.

Vous aimez la belle Angélique,
Croyez-vous l'emporter sur moi ?

LE MARQUIS.

Oui, de lui plaire je me pique,
Et vous devez savoir pourquoi.

MONDOR.

Vous n'avez que des politesses,
Et j'ai pour moi de bons louis.

LE MARQUIS.

Par l'éclat de votre richesse,
Les yeux ne sont pas eblouis.

MONDOR.

Il faut être bien témeraire,
Pour vouloir me la disputer.

LE MARQUIS.

Je suis fâché de vous déplaire ;
Mais pourquoi me la disputer.

MONDOR.

Gardez-vous de ma colère,
Elle est prête d'éclater.

LE MARQUIS.

Appaisez votre colère ,
Et sachons nous respecter.

MONDOR.

Tenez, mon cher marquis, il est inutile de vous aveugler sur
votre compte ; votre prétendu mérite & vos protections chimériques
ne l'emporteront jamais sur mes richesses.

LE MARQUIS.

J'apperçois le capitaine dans le jardin, il vient ici, je veux
vous convaincre de mes principes ; lui seul peut juger notre différend
& vous faire voir… …

MONDOR.

Qui ? lui ? Gardez-vous bien de lui en dire un mot. Ne savez-
vous pas que c'est l'ennemi déclaré des femmes ? qu'il ne peut les
souffrir ? Je ne sais ce qu'elles lui ont fait ; mais dès qu'on lui en
parle, son esprit s'irrite, il s'emporte & ne cesse de déclamer contre
elles ; enfin, nous passerions pour être ridicules à ses yeux, tandis
que c'est lui qui doit l'être aux nôtres. Evitons donc un entretien
qui ne pourrait remplir nos vues.

LE MARQUIS.

Pardonnez-moi ! pardonnez-moi ! Je suis sûr qu'il rendra justice
à mon mérite ; le voici, nous allons voir.

SCENE II.

LE CAPITAINE, LE MARQUIS, MONDOR.

MONDOR.

Monsieur le capitaine , vous allez nous faire le plaisir de nous
juger sur une petite querelle que nous avons, monsieur Mondor
& moi.

LE CAPITAINE.

Volontiers, messieurs , qu'est-ce ? Voyons le sujet de votre dis-
cussion.

MONDOR.

Voici le fait. Nous sommes amoureux de notre hôtesse, le
marquis & moi ; il prétend que la préférence lui est due en consi-
dération de sa noblessse ; & je lui soutiens, moi , qu'elle doit être le
prix de mes soins & de mes libéralités.

LE MARQUIS.

Elle connait le prix de ma protection.

MONDOR.

Oui, monsieur la protège; mais moi je l'enrichis par mes dépenses.

LE CAPITAINE.

Beau sujet de dispute! Belle matière à consultation ! Une femme !..... Et c'est moi que vous choisissez pour arbitre...... J'ai bien le tems de m'occuper de bagatelles de cette espèce.

MONDOR.

Vous voyez, marquis.

LE MARQUIS.

Oh , oh , cela n'ôte rien du mérite d'Angélique.

MONDOR.

Jusques-là, vous avez raison ; notre hôtesse a vraiment du mérite.

LE MARQUIS.

Puisque j'en suis amoureux , vous devez croire qu'il y a dans sa personne quelque chose de distingué.

MONDOR.

Il y a long-tems que j'aurais quitté cet hôtel, si je n'y étais retenu par ses charmes.

LE CAPITAINE.

En vérité, vous me faites rire ; qu'a-t-elle donc de si surprenant ?

LE MARQUIS.

Elle a un air qui m'enchante.

MONDOR.

Elle est belle, elle a de l'esprit.

LE CAPITAINE.

Ma foi, tout cela est bien peu de chose aux yeux d'un homme raisonnable. Il y a trois jours que je loge ici, & je vous assure qu'elle ne m'a fait aucune impression.

MONDOR.

Examinez-là encore, peut-être conviendrez-vous alors........

LE CAPITAINE.

Eh folie ! Je l'ai fort bien vue, vous dis-je, c'est une femme comme toutes les autres.

LE MARQUIS.

Non monsieur, non, elle a quelque chose au-dessus des autres. J'ai fréquenté de tout tems le beau sexe ; ainsi, vous pouvez m'en croire.

LE CAPITAINE.

Pauvres dupes ! Oh, que ce n'est pas à moi qu'elle en donnerait à garder.

MONDOR.

Vous n'avez donc jamais été amoureux ?

LE CAPITAINE.

Jamais...... & jamais je ne le serai, je vous en réponds; mes amis ont fait le diable pour me marier, mais je n'ai jamais voulu, je suis inflexible sur ce point

MONDOR.

Mais que voulez-vous faire du bien que vous avez ?

LE CAPITAINE.

En employer une partie à soulager les malheureux, & le reste à me divertir avec mes amis.

LE MARQUIS.

Bravo, capitaine, nous nous divertirons.

MONDOR.

Et les femmes n'auront rien ?

LE CAPITAINE.

Pas une obole.

MONDOR.

Mais voici notre hôtesse ; regardez si elle n'est pas adorable.

SCENE III.

Les précédens. ANGELIQUE.

QUATUOR.
LE MARQUIS.

Venez mon adorable hôtesse,
Venez vous rendre à mes desirs ;
Charmant objet de toute ma tendresse,
Venez recevoir nos soupirs.

MONDOR.

Regardez ces pendans d'oreille,
Ne les trouvez-vous pas charmans ?

ANGELIQUE.

Oui, l'artiste a fait des merveilles,
Et j'admire ces diamans.

MONDOR.

Gardez-les, je vous en supplie,
Belle Angélique, ils sont à vous.

ANGELIQUE.

Non monsieur, je vous en remercie,
Je n'accepte point de bijoux.

LE

LE MARQUIS, *à part.*
Que son bonheur me fait envie !
En vérité, j'en suis jaloux.

LE CAPITAINE, *à part.*
Je ne conçois pas sa folie,
Peut-on l'entendre sans courroux.

MONDOR *à Angélique.*
Gardez-les, je vous en supplie,
Belle Angélique, ils sont à vous.

ANGÉLIQUE *à Mondor.*
Non, non, je vous en remercie,
Je n'accepte point de bijoux.

ANGELIQUE *à Mondor.*

A me faire un accueil si tendre,
Quel motif peut vous engager ?

MONDOR.

Si vous refusez de les prendre,
Vous allez me désobliger.

LE MARQUIS, *à part.*
Que son bonheur, etc.

LE CAPITAINE, *à part.*
Je ne conçois pas sa, etc.

MONDOR, *à part.*
Gardez-les, etc.

ANGELIQUE, *à part.*
Non monsieur, etc.

ANGÉLIQUE.

Je suis fort embarrassée ; j'aime à conserver l'amitié des personnes qui me font la grace de loger ici ; mais je ne puis, ni ne dois accepter aucun présent. (*Elle fait la révérence pour sortir.*)

LE CAPITAINE.

Holà ! madame, j'ai des plaintes à vous faire sur la négligence qu'on met à me servir ; je vous recommande d'être plus exacte dorénavant.

ANGÉLIQUE.

Monsieur, on vous servira dès que vous l'ordonnerez ; mais il me semble que vous pouviez me le dire sans vous mettre en colère.

LE CAPITAINE.

Vous avez tort, je ne suis point en colère ; mais je n'ai pas, comme ces messieurs, des complimens à vous faire.

MONDOR *à Angélique.*

Excusez-le, c'est l'ennemi déclaré des femmes.

LE CAPITAINE.

Eh ! je n'ai que faire qu'elle m'excuse.

ANGÉLIQUE.

Mais que vous ont-elles donc fait ces pauvres femmes ? & pourquoi nous traiter avec si peu de ménagement ?

LE CAPITAINE.

Allons, allons, point d'explication, allez me faire apprêter tout ce qu'il me faut ; je veux dîner dans une heure.... Messieurs, votre serviteur.

(*Le Marquis et Mondor se regardent et rient.*)

B

SCENE IV.

ANGELIQUE, MONDOR, Le MARQUIS.

ANGELIQUE.

Oh! quel brutal! je ne veux plus de cet homme-là chez moi.

MONDOR.

Vous avez raison, oui, renvoyez-le, & s'il fait la moindre difficulté pour passer la porte, avertissez-moi, je le fais sauter par la fenêtre.

Le MARQUIS.

Son impolitesse m'a tellement affecté, que je n'ai pas eu la force de lui répondre ; mais si vous me le permettez, je lui parlerai, je lui parlerai. (*Il fait signe de tirer l'épée.*)

MONDOR.

Comment, un bourru qui vous dit des injures!

Le MARQUIS.

Qui a l'impertinence de trouver à redire à la manière dont il est servi chez vous!

MONDOR.

Parlez : c'est l'affaire d'un moment, & je vais vous en débarrasser.

Le MARQUIS.

Je n'ai qu'un mot à dire, & je suis assez puissant pour le faire enfermer toute sa vie.

ANGELIQUE.

Non messieurs, non, je vous prie de le laisser en paix, & de ne pas lui en vouloir des propos qu'il a tenus. S'il n'aime pas les femmes, quel tort cela vous fait-il? S'il faut que je sois vengée, reposez-vous sur moi du soin de cette affaire, j'y réussirai peut-être mieux que personne ; faites-moi seulement la grace de vous retirer tranquillement, & promettez-moi de ne lui faire aucun reproche sur la manière dont il m'a traitée.

MONDOR.

Allons, belle Angélique, puisque vous l'ordonnez, je saurai contenir mon ressentiment. (*Il sort.*)

Le MARQUIS.

Mon sang pétille. . . . . . je brûle de lui faire un mauvais parti, mais je chéris trop vos lois, & votre volonté sera toujours la mienne. (*Il sort.*)

SCENE V.

ANGELIQUE *seule.*

Selon ce que je vois, il n'y a pas de folies que ces messieurs ne fissent pour me plaire. Ils n'y parviendront cependant pas, l'un avec ses cadeaux, l'autre avec ses ridicules protections. Oh! qu'il serait bien plus glorieux de tenir dans mes fers cet ours de capitaine, de le voir languir & soupirer pour mes charmes, aux yeux de toute l'hôtellerie! quelle victoire! quel triomphe! c'est un plaisir que je ne donnerais pas pour toutes les richesses du monde........Ai-je tort? non, c'est ma fantaisie à moi; presque toutes les femmes n'ont-elles pas la leur?..... Ceux qui viennent m'accabler de protestations amoureuses ne tardent guère à m'ennuyer; mais en voici un qui m'oppose de la résistance! qui se déclare notre ennemi......... bon, tant mieux, c'est de quoi me piquer d'honneur, & je vais le poursuivre jusques dans ses derniers retranchemens.

AIR:

Venez amours
A mon secours.
C'est votre gloire
Que je défends,
Quand je prétends
A la victoire......
C'est votre gloire
Que je défends.
Doux artifices,
Tendres malices,
Œil enchanteur,
Feinte douceur
Soupirs & larmes,
C'est à vos charmes
Que j'ai recours.
Venez amours
A mon secours,
Troupe fidelle,
Je vous appelle
A mon secours.

Le voici..... sortons...... & réfléchissons sur la manière dont je dois m'y prendre pour le faire tomber dans mes filets.

(*Elle sort.*)

SCENE VI.

LE CAPITAINE, *seul, désachetant une lettre.*

Voyons ce que renferme cette lettre.......... Horace.......
Ah, c'est Horace qui m'écrit.

Rome, le 16.

« La tendre amitié qui m'attache à vous, fait que je m'empresse
» de vous faire savoir qu'il faut absolument revenir dans votre
» pays. Le marquis de Plombino vient de mourir..........
Pauvre marquis, j'en suis fâché « Il a laissé sa fille unique héritière
» de cinquante mille livres de rente. Tous vos amis voudraient
» qu'une fortune aussi considérable passât dans vos mains, & tra-
» vaillent à vous procurer........ » Et de quoi diable se mêlent-
ils ! Je leur ai dit cent fois que je ne voulais pas de femme, &
Horace, mon ami Horace, est le plus ardent à me persé-
cuter............ (*Il déchire la lettre.*) Que m'importe ces
cinquante mille livres de rentes ! étant seul, je me contente à
moins ; si j'étais marié, peut-être le double ne me suffirait-il pas.

AIR:

En bijoux, en dentelles,
En chevaux, en laquais,
Les dépenses nouvelles
Ne finissent jamais.
Il faut suivant l'usage,
Entre nous adopté,
Par un grand étalage,
Flatter sa vanité :
Recevoir à sa table
Barons, ducs & marquis,
Et d'un luxe effroyable,
Etonner le pays.
Si madame est joueuse,
Ah ! c'est bien pire encor,
Une nuit désastreuse
Vous enlève un trésor.
Ajoutons à ces vices
Tous ses autres caprices,
Qu'il faudra contenter.........
Et dans cette galère,
J'irais la vie entière
Me faire tourmenter !
Autant dans la rivière
Vaudrait-il me jetter.

SCENE VII.

LE CAPITAINE, ANGELIQUE.

ANGELIQUE *au fond du théâtre*

Je viens savoir ce que souhaite M. le capitaine pour son dîner.

LE CAPITAINE.

Je mangerai ce qu'il y aura.

ANGELIQUE *s'approchant.*

Je voudrais pourtant bien savoir votre goût.

LE CAPITAINE. *brusquement.*

Je le dirai au garçon.

ANGELIQUE.

Vous vous êtes plaint, monsieur, que le garçon ne vous servait pas assez tôt, & je veux avoir le plaisir de vous servir moi-même, pour que vous ayez plus promptement ce que vous desirez. Un homme n'a jamais la patience que nous avons, nous autres femmes...... Si vous desirez, par exemple........

LE CAPITAINE.

Rien...... Tenez, Angelique, peine perdue que tout cela; n'espérez pas, avec ces manières doucereuses, faire de moi ce que vous avez fait du marquis & de son rival.

ANGELIQUE.

Que dites-vous de leur conduite? venir se loger ici dans le dessein de faire leur cour à l'hôtesse, oh! par ma foi, nous avons bien autre chose en tête que de prêter l'oreille à leurs chansons; & si en passant on leur dit quelque mot de douceur, c'est que le bien de la maison le demande, c'est pour empêcher qu'ils ne nous quittent; & quand je les vois tomber dans le panneau, j'en ris, mais j'en ris comme une folle.

LE CAPITAINE.

Bien, j'aime votre sincérité.

ANGELIQUE.

C'est mon seul mérite que la sincérité.

LE CAPITAINE.

Cependant, vous savez feindre avec ceux qui vous font la cour?

ANGELIQUE.

Moi, feindre! Dieu m'en garde. Demandez à ces deux messieurs si je leur ai jamais donné le moindre signe d'affection, si j'ai plaisanté avec eux, de manière qu'ils puissent s'en prévaloir; je ne les traite pas, il est vrai, avec toute la rigueur possible, par la raison que mon intérêt s'y oppose; mais fi! de ces ames faibles qui rampent aux genoux d'une femme. Fi ! de ces femmes qui se laissent maîtriser par des hommes....... Monsieur est-il marié ?

LE CAPITAINE.

Le ciel m'en préserve !

ANGELIQUE.

Bien, fort bien ; conservez-vous toujours dans les mêmes sentimens.

LE CAPITAINE.

Mais vous êtes la première que j'entends parler de la sorte.

ANGELIQUE.

C'est qu'il y en a peu d'aussi franches.

LE CAPITAINE, à part.

Voilà un singulier caractère de femme.

ANGELIQUE.

Monsieur, avec votre permission........ je........

LE CAPITAINE.

Où allez-vous ? êtes-vous si pressée ?

ANGELIQUE.

Je ne voudrais pas vous être importune.

LE CAPITAINE.

Au contraire, votre conversation me plaît infiniment.

ANGELIQUE.

Eh bien, monsieur, voilà pourtant tout mon secret ; je n'en use pas différemment avec les autres. Je les flatte, e leur fais des petits contes joyeux ; je les regarde quelquefois avec un sourire...... & ils s'imaginent aussitôt........

LE CAPITAINE.

Oui, oui, ils s'imaginent que vous les aimez, & deviennent amoureux de vous.

ANGELIQUE.

Ne voilà-t-il pas des objets bien intéressans, qui se prennent tout-à-coup de belle passion pour une femme !

LE CAPITAINE.

C'est ce que je n'ai jamais pu concevoir.

ANGELIQUE.

Qui se laissent terrasser au premier coup d'œil, & qu'on mène insensiblement par le nez.

LE CAPITAINE.

Misère ! faiblesse humaine !

ANGELIQUE.

Qu'on est heureux de se parler ainsi sans aucune inclination quelconque, & sur-tout sans malice ! Monsieur, je vous prie de me pardonner mes impertinences ; mais quand vous aurez besoin de mes petits services, commandez-moi comme à quelqu'un qui est absolument à vos ordres, je ferai pour vous ce que je n'ai jamais fait pour aucun autre.

LE CAPITAINE.

Quel est la raison de cette préférence ?

ANGÉLIQUE.

C'est qu'en outre de votre mérite, je suis sûre au moins que je ne risque rien avec vous ; que vous n'employerez pas, pour me séduire, les discours flatteurs & les manières ordinaires aux amans ; que vous n'interpretez point mal mes intentions, & que sans me tourmenter par des protestations ridicules, vous vous contenterez de me recevoir comme la plus humble de vos servantes.

LE CAPITAINE, *à part.*

Que diable a donc cette femme, que je ne saurais définir ?

ANGÉLIQUE.

Monsieur, je vous salue, je vais vaquer aux affaires de la maison, ce sont là mes amours, mes passe-tems ; si vous avez besoin de quelque chose, je vous enverrai le garçon.

LE CAPITAINE.

Non, venez plutôt vous-même.

ANGÉLIQUE.

Tout comme il vous plaira, Monsieur. (*à part.*) Patience, nous l'apprivoiserons petit-à-petit. (*Elle sort.*)

SCENE VIII.

LE CAPITAINE seul.

Cette femme-là a quelque chose d'extraordinaire que je ne conçois pas. Ce ton de vérité qui règne dans ses discours ; cette facilité avec laquelle elle s'exprime, ne sont pas des choses communes ; où elle a je ne sais quoi.......... qui me............... mais il ne faut pas conclure que je deviendrai amoureux............ bon pour passer quelques momens de récréation ; mais pour en venir à des engagemens de cœur....... pour perdre ma liberté ?..... oh ! il n'y a pas de risque.

SCENE IX.

LE CAPITAINE, HECTOR, *un garçon apportant la table.*

LE CAPITAINE.

Oh ! oh ! que veut dire ceci ! on dine aujourd'hui plutôt qu'à l'ordinaire ?

HECTOR.

C'est la maîtresse du logis qui a voulu que votre table fût servie première de toutes.

LE CAPITAINE.

Je suis sensible à son intention.

HECTOR.

Ma foi, monsieur, j'ai couru bien des pays, j'ai rencontré nombre de femmes très-aimables ; mais je défie d'en trouver une comparable à notre charmante hôtesse.

LE CAPITAINE.

Te plaît-elle aussi?

HECTOR.

Elle doit plaire à tout le monde. (*Il arrange la table.*)

LE CAPITAINE.

Comment! elle enchante tout le monde. Il serait fort singulier qu'elle vînt aussi m'enchanter........ Allons, demain je quitte cet hôtel, elle peut mettre en usage tous les artifices & l'adresse dont elle est capable; ce n'est pas dans un jour que je surmonterai l'aversion que j'ai pour les femmes; au contraire, plus elle développera ses talens, plus je serai convaincu de la justesse de mes principes.

HECTOR, *apportant des bouteilles.*

Monsieur, voilà du Bourgogne qu'elle vous envoye.

LE CAPITAINE.

Du Bourgogne, voyous cela. (*Il boit.*) Excellent, parbleu ! Si elle traite ainsi son monde, les étrangers abonderont à son hôtel.... Bon vin, bonne chère, beaux appartemens, & puis on ne saurait disconvenir qu'elle est jolie......... mais ce que j'estime le plus, c'est sa sincérité; ah! oui, cette belle sincérité : car, pourquoi ne puis-je souffrir les autres femmes? c'est que la plupart n'ont en partage que la disssimulation ; mais cette belle sincérité, cette belle sincérité !

HECTOR.

Monsieur, voici l'hôtesse.

SCENE X.

ANGÉLIQUE *apportant un plat.* LE CAPITAINE, HECTOR.

LE CAPITAINE à *Hector.*

Ne vois-tu pas qu'elle est embarrassée ? vas donc lui prendre cette assiette.

ANGELIQUE.

Non Monsieur, permettez que j'aie l'honneur de vous servir moi-même.

LE CAPITAINE.

Ce n'est pas-là votre besogne.

ANGELIQUE.

Pardonnez-moi, je ne fais que remplir les devoirs de mon état.

LE CAPITAINE *à part.*

Il est impossible d'être plus modeste. (*Haut.*) Que m'apportez-vous donc-là ?

ANGELIQUE.

C'est un petit ragoût de ma façon.

LE CAPITAINE.

Il doit être bon, puisque c'est vous qui l'avez apprêté. A votre santé. (*Il boit.*)

ANGELIQUE.

Bien des graces...... Eh ! bien, qu'en dites-vous, capitaine ? convenez que voilà du fameux vin ?

LE CAPITAINE.

Il est vrai...... En souhaitez-vous un verre ?

ANGELIQUE.

Monsieur............

LE CAPITAINE.

Sans cérémonie ; nous autres marins, quand nous offrons quelque chose, c'est toujours de bon cœur.

ANGELIQUE.

Il y a long-tems que je n'ai rien pris, je craindrais qu'il ne m'incommodât.

LE CAPITAINE.

Eh ! bien, prenez un siège & mettez-vous à table.

ANGELIQUE.

Oh ! monsieur, je ne suis pas digne de cet honneur.

LE CAPITAINE.

Allons, allons, sans façon, mettez-vous là......... (*Il lui présente un siège.*)

HECTOR, *à part.*

Voilà du nouveau, je ne lui en ai jamais vu autant faire.

ANGELIQUE *s'assied.*

A la santé de tout ce qui fait plaisir à M. le capitaine.

LE CAPITAINE.

Bien obligé.

ANGELIQUE.

Observez que ceci ne regarde pas les femmes.

LE CAPITAINE.

Non, & d'où vient ?

ANGELIQUE.

Parce que je sais que vous ne les aimez pas.

LE CAPITAINE.

Je ne les ai jamais aimées, il est vrai.

ANGELIQUF.

Tâchez de vous maint nir dans les mêmes sentimens.

LE CAPITAINE.

Ecoulez-moi....... je ne voudrais pas au moins....

ANGELIQUE.

Quoi ?

LE CAPITAINE.

Que vous me fissiez changer de caractère.

ANGELIQUE.

Moi, monsieur, comment cela ?

LE CAPITAINE.

C'est que........ Hector, vas chercher un plat.

HECTOR.

De quoi le voulez-vous ?

LE CAPITAINE.

De........ de ce que tu voudras........ allons, dépêche-toi.

HECTOR.

J'y cours. (*A part.*) Les bras m'en tombent. (*Il sort.*)

SCENE XI.

ANGELIQUE, LE CAPITAINE.

LE CAPITAINE *se levant de table.*

Angélique, je vais vous dire une chose vraie, mais très-vraie,
qui peut tourner à votre gloire.

ANGELIQUE.

Parlez, je vous écoute.

LE CAPITAINE.

Vous êtes la premiere, l'unique femme dont la société m'ait paru
agréable & intéressante.

ANGELIQUE.

Mais, je ne sais pas....... j'éprouve aussi en vous regardant, ce
que je n'ai jamais éprouvé pour personne.

SCENE XII.

ANGELIQUE, LE CAPITAINE, LE MARQUIS.

TRIO FINAL.

LE CAPITAINE *au Marquis.*

Quoi, sans frapper à la porte,
Et sans vous faire annoncer !

LE MARQUIS.
Entre amis de notre sorte,
On ne doit pas s'offenser.

ANGELIQUE *à part.*
Oh ! je n'en suis pas surprise,
Il veut être du repas.

LE CAPITAINE *au Marquis.*
Je vous parle avec franchise,
Je ne vous attendais pas.

ANGELIQUE *à part.*
Eloignons-nous par prudence,
Montrons de l'indifférence,
Et n'ayons aucun souci.
Oui, tont va bien jusqu'ici.

LE MARQUIS.
Le capitalne je pense,
Veut avoir la préférence ;
Je crois qu'elle l'aime aussi,
Vite, éclaircissons ceci.

ANGELIQUE.
Eloignons-nous, etc.

ANGELIQUE *à part.*
Oh ! je n'en suis pas surprise,
Il veut être du repas.

LE CAPITAINE *à part.*
Eloignons-nous par prudence,
Montrons de l'indifférence
Avec monsieur que voici ;
Je ne puis rester ici.

LE CAPITAINE.
Mais je ne sais comment faire ;
Dans un trouble involontaire,
Je sens mon cœur s'agiter
Au moment de la quitter.

LE CAPITAINE.
Eloignons, etc.

LE MARQUIS.
Le capitaine je pense, etc.

SCÈNE XIII.

ANGELIQUE *seule.*

Me voilà donc convaincue du changement du capitaine ; je viens de réduire un cœur inflexible, mais le réduire au point de lui faire faire toutes les folies possibles ; mais à mon tour, examinons-nous....... et n'est-ce que pour m'en amuser, que j'ai voulu le soumettre & me faire aimer ? Mon cœur ne s'intéresse-t-il pas à lui ? Pourquoi pas ? Le capitaine a tout pour plaire ; il n'a pas la sotte vanite de ce marquis, ni les ennuyeux propos de Mondor. Il n'aimait point les femmes, & je suis parvenue à m'en faire aimer. Faut-il donc détruire son bonheur, et ne lui aurais-je inspiré de l'amour que pour n'en connaître que les tourmens ? Non, mon cœur d'accord avec le sien se refuse à une pareille cruauté ; cependant, continuons d'être inflexible jusqu'à ce que mon cœur me dise : c'est assez.

AIR:
Sous mille formes différentes,
Je sais paraître tour-à-tour,
J'en ai d'aimables, d'agaçantes
Quand je veux inspirer l'amour ;
Avec un air humble et sensible,

Souvent je me laisse outrager,
Et je parais n'y pas songer ;
Mais je suis cruelle, inflexible
Quand il s'agit de me venger.
Sous mille forme différentes, etc.

SCENE XIV.

LE CAPITAINE, ANGELIQUE.

LE CAPITAINE.

Eh ! bien, Angelique, comment trouvez-vous là scène de
tantôt ? Ne convenez-vous pas que ce marquis est bien fou ?

ANGELIQUE.

Pas tant qu'il vous parait.

LE CAPITAINE.

Je vous dis qu'il est fou, et c'est vous qui l'avez rendu tel.

ANGELIQUE.

Moi, Monsieur !

LE CAPITAINE.

Oui, vous dis-je, puisqu'il est amoureux de vous, et ce qui
arrive à tous ceux qui......

ANGELIQUE *feignant de la colère*.

Avec votre permission, monsieur.....

LE CAPITAINE.

Où allez-vous donc ?

ANGELIQUE.

J'apprenez que je ne fais extravaguer personne. (*Elle sort.*)

LE CAPITAINE *la suivant*.

Mais écoutez donc...,... écoutez donc......

SCENE XV.

LE CAPITAINE, HECTOR,

HECTOR *accourrant*.

Monsieur ; le sellier vient de racommoder les harnais qui étaient
cassés ; il voudrait savoir si........

LE CAPITAINE.

Vas-t'en au diable.... Laisse-moi ; vas, cours après.

HECTOR.

Après le seillier.

LE CAPITAINE.

Et non ; cours, vas lui dire qu'elle vienne. Oui.... non.....
Que je veux mon compte, et fais ensorte, que d'ici à deux heures,
tout soit prêt pour notre départ.

HECTOR.

D'ici à deux heures ?

LE CAPITAINE.

Oui.

HECTOR.

Quoi ! vous voulez partir ?

LE CAPITAINE.

Eh oui, m'as-tu entendu ?

HECTOR.

Allons, j'y vais. (*à part.*) Je crois qu'il n'a pas tort, car sa tête......... (*Il sort.*)

SCENE XVI.

LE CAPITAINE, *seul.*

Ah ! perfide ; je te connais, tu veux m'assassiner.... tu veux... Mais elle a tant de grâces....... Mais elle sait si bien s'insinuer dans l'esprit.....

AIR:

O sexe ennemi du nôtre !
Serpens nés pour nous trahir !
D'un bout de la terre à l'autre,
Je fais serment de fuir.
Comme elle a bien su s'y prendre,
Me flatter, me menager,
A mes volontés se rendre,
Afin de mieux m'égorger.
O sexe ennemi du nôtre, etc.

SCENE XVII.

ANGELIQUE, LE CAPITAINE.

LE CAPITAINE.

Que vois-je ? que me veut-elle encore ? Elle revient un papier à la main ; c'est sans doute mon compte qu'elle apporte...... Que faire....... M'en irai-je ? ne m'en irai-je pas ? Oh ! cette femme cruelle a jurée ma perte..... Elle s'approche..... allons, il faut encore souffrir ce dernier assaut.

ANGELIQUE.

Monsieur.......

LE CAPITAINE.

Qui a-t-il.

ANGELIQUE.

Pardonnez.

LE CAPITAINE.

Venez.

ANGELIQUE.

Vous avez demandé votre compte, et j'obéi.

LE CAPITAINE.

Donnez-le moi.

ANGELIQUE.

Quoi! Monsieur, vous partez?

LE CAPITAINE.

A l'instant.

ANGELIQUE.

A l'instant! ciel!

(Elle tombe sur un fauteuil et feint d'être évanouie.)

QUATUOR.

Calmez vos tourmens, vos allarmes;
Ouvrez ces yeux animés par l'amour;
Je resterai pour adorer vos charmes
Dans cet heureux séjour.

SCENE XVIII.

LE CAPITAINE, ANGELIQUE, *évanouie*, MONDOR,
LE MARQUIS.

LE MARQUIS.

Voici cette beauté céleste.

MONDOR.

Ciel! ô ciel! qu'est-ce que je vois?

LE CAPITAINE, *à part.*

O contre-tems funeste;
Quoi, tous deux à la fois.

LE MARQUIS ET MONDOR, *au Capitaine.*

Angélique est sa connaissance,
Que faut-il penser de ceci?

LE CAPITAINE, *à part.*

Les maudits fâcheux que voici.

MONDOR ET LE MARQUIS, *au Capitaine.*

Vous soupirez en sa présence.

LE CAPITAINE.	LE MARQUIS, MONDOR.
Le maudit fâcheux que voici.	Que faut-il penser de ceci?

MONDOR.

Angélique......

LE CAPITAINE, *à part.*

Hélas!

LE MARQUIS.

Je parie que je vais la rendre à la vie.
Angélique.....

ANGELIQUE.

Hélas !

LE MARQUIS.

Je l'entends !
Ma voix a ranimé ses sens.

ANGELIQUE.

A respirer je commence ;
Mais pourquoi me secourir ?
Laissez-moi sans assistance,
Mon cœur est fait pour souffrir.

LE CAPITAINE, *à Angélique.*	LE MARQUIS, MONDOR.
Recevez saus résistance	Il soupire en sa présence,
Les soins qu'on veut vous offrir.	L'amour paraît l'attendrir.

LE MARQUIS ET MONDOR, *au Capitaine.*

Monsieur, faut-il qu'on vous le dise,
Vous paraissez fort amoureux.

LE CAPITAINE.	LE MARQUIS, MONDOR.
Quelle audace et quelle sottise !	Monsieur, faut-il qu'on vous le dise,
Allez au diable tous les deux.	Vous paraissez fort amoureux.

(*Le Capitaine emmène Angélique, Mondor et le Marquis restent
seuls.*)

SCENE XIX.

MONDOR, LE MARQUIS.

MONDOR.

Eh bien, mon cher Marquis, cet ours de Capitaine, notre
ennemi des femmes, comment le trouvez-vous.

LE MARQUIS.

Tant mieux, j'en suis charmé, qu'il reconnaisse malgré lui le
mérite de cette femme ; qu'il apprenne que je n'adresse pas mes
hommages à des objets qui en sont indignes.

MONDOR.

Mais si elle répond à son amour.

LE MARQUIS.

Non, ne le croyez pas ; elle ne me fera pas cette injustice ; elle
sait qui je suis ; elle sait ce que je suis dans le cas de faire pour
elle.

MONDOR.

Elle se moque bien de vos protections chimériques..... Mon or
même ne peut rien sur son cœur....... Elle approuve l'amour du
capitaine.

LE MARQUIS, *mettant la main sur la garde de son épée.*
Si cela était. . . . . . mais cela ne se peut pas.

MONDOR

Pourquoi cela ne se peut-il pas ?

LE MARQUIS.

Voudriez-vous mettre le Capitaine en comparaison avec moi qu
ai toujours été favorisé des belles ?

COUPLETS.

Quand je brûle pour une belle,
Tous mes rivaux sont éconduits;
Les projets qu'ils forment sur elle
Sont bientôt évanouis.
Oh! le charmant, oh! l'aimable marquis.

Par des grâces vraiment divines,
Sur eux je remporte le prix;
Ils n'ont jamais que les épines,
C'est pour moi que sont les fruits.
Oh! le, etc.

Oui, dans ma petite personne
Tous les talens sont réunis;
Dans tous les arts où je m'adonne
Sans efforts je réussis.
Oh! le, etc.   (*Il saute.*)

MONDOR.

Mais vous même ne l'avez-vous pas surprise à table avec lui; en
a-t-elle jamais usé envers nous d'une manière aussi intime ; et puis
cet évanouissement n'est-il pas une preuve incontestable de son
amour.

LE MARQUIS.

C'est ce qu'il faudra voir ; il n'est pas difficile de s'appercevoir
que le Capitaine est actuellement amoureux comme un fou ; mais
Angélique m'a toujours témoigné des égards, des préférences, et
un changement aussi prompt est impossible.

MONDOR.

Vous verrez dans peu, Marquis, vous verrez. . . . Justement les
voici tous les deux.

SCENE XX ET DERNIERE.

ANGELIQUE, LE CAPITAINE, LES PRÉCEDENS.

MONDOR.

A cet air doux et tranquille je vois déjà, Monsieur, que je puis
faire compliment à Angélique du succès qu'elle a eu à réduire un
homme qui voulait se faire vaine gloire de haïr les femmes toute sa
vie.

LE CAPITAINE.

Oui, Messieurs, c'est à elle seule que je dois mon bonheur ; je reprends un nouvel être ; elle m'a fait connaître l'amour, mon cœur et toute ma fortune en sont le prix.

ANGELIQUE

Je n'avais voulu d'abord que m'amuser du Capitaine et venger notre sexe outragé ; mais je n'ai pu résister à la franchise et la vivacité des sentimens que je lui ai inspiré : libre, je puis disposer de ma main, et je la lui donne de bon cœur. Pour vous, Messieurs, n'oubliez pas la petite leçon que j'ai voulu vous donner.

MONDOR.

Oh ! elle est bonne, et je m'en souviendrai ; je me retire, non pas avec rancune, mais avec toute l'admiration que m'inspirent des talens aussi prodigieux que les vôtres.

LE MARQUIS.

Moi, je vais chercher des conquêtes ailleurs..... Mais de près comme de loin comptez toujours sur ma protection.

Ensemble.

ANGELIQUE.

Enfin j'ai captivé son cœur,
Malgré son ton et son air de rudesse ;
J'ai triomphé de sa rigueur,
Ah ! pour mon cœur quelle vive allégresse !

Le CAPITAINE, Le MARQUIS et MONDOR.

L'Amour pour soumettre nos cœurs,
A pris les traits de la charmante hôtesse.
Envain [il s'armait] de rigueur.
    [je m'armais]
Rien ne peut résister à cette enchanteresse ;
Chantons l'amour et la charmante hôtesse.

FIN